JN223868

詩集

亡き夫へ

「隔たり」

高田章代

Takada Akiyo

風詠社

目次

青空

ハナとの散歩
公園で見上げる大きな青空
「おーい」と呼びかけても
応えない
でもきっとあなたも見てるはず
この青空を
抜けるようなこの青さを
きっと、きっと・・・

生きていくこと

止まった思考
不意打ちする涙
闘いの日々が
頭の中を駆け巡る
それでも死んでは　ダメなんだ

生きなきゃ、生きなきゃ、
あなたの分も生きていくこと

あいさつ

おはよう！
行ってきます！
ただいま！
おやすみなさい！
呼びかけても
毎日毎日呼びかけても
応えてはくれない
でも　いつか　きっと　いつか
私の心の中で応えてくれる日が
必ず来るだろう

桜の開花

今年も桜の季節がやって来る
もう何回目の桜だろう
初めての子がヨチヨチ歩いたのも
桜の中だった
父の病気がわかり母が訪ねて
きた時も桜が舞っていた
嬉しいこと　悲しいこと　辛いこと
傍らに桜の木が佇んでいた
今年は大きな悲しみの中で
桜が開花する
私に元気をもたらすように
桜が開花する

風景

確かにいた
少し前まで
その風景の中に
必ずいた
なのに今は世界中の
どこを探しても全くいない

「なんでー」と
大声で叫びたくなる

私

わがままで気が強くて頑固
一度言い出したら
絶対に引かない
こんな私と三十六年間・・・
幸せでしたか？
ねえ、どうだった？

何も言わずに笑ってる
写真の中で笑ってる

日数

二万一四七四日
あなたが生きた日数です
一万三三一〇日
ふたりで生きた日数です

一生懸命生き抜いた証明・・・
誇りに思うよ！

涙は枯れない

涙は枯れない
そう気づいた
心の中に涙の泉が湧いている
泣いて　泣いて　泣いて・・・
ぐるぐるぐるぐるぐるぐる・・・

想い出が私の周りを囲んでゆく
その中に消え入りそうな
自分が　いる

夢

夢の中では元気だった
ちっとも痛くなさそうで
シャキーンと歩いて笑っていた
治ったんだね、病気
良かった、本当に
目覚めると・・ああ夢か・・・

鼻先に通りすぎていく
なつかしい匂いがした

がん

がんに侵されて八年
闘いは長く続いたけれど
私はがんに少しだけ感謝している
がんのお陰で離婚もしないで済んだし、
たくさん話すことも出来た
人生の幕引きに心を通い合わす
ことが叶ったね
だから一〇〇%憎めない

でもやっぱり生きていて欲しかった
ただそれだけ・・・

車椅子

車椅子を押して歩く
ガタガタ道もよいこらしょっ!!
坂道だって懸命に進む!!
車椅子ならどこでも行ける
私が倒れない限り・・・
首のうなじがやせたなぁとか
肩が小さくなったなぁと
思いながらどこまでも
永遠に歩いていけそうな
そんな気がした

強い人

本当に強い人だった
激しい痛みを抱えながら
時には冗談をとばしていた
本当に強い人だった
私には辛い表情も見せず
いつもひょうひょうとしていた

そんなに我慢しなくて良かったのに
痛いって言ってもよかったんだよ
だけど最後の最後まで
本当に強い人だった

部屋

主のいなくなったこの部屋が
どこまでも静寂に包まれている
天井をながめ　寝転んでみた
この風景を眺めながら
何を想っていたのかな・・・

でもまだここにいるようなそんな
気が少しする
リビングにいる私達を
見ながらゆっくり寛いでいるような
そんな姿が浮かんでくる

トライアンフ

カプリス・ベンツ・トライアンフ
全部外車・・・
よく乗ったね!!
おかげでローンが大変だったよ

病気で仕方なく手放した
黒のトライアンフ
きっと誰かバイク好きな人が
今日も何処かを颯爽と
風と一緒に走っているよ!!

いなくなって

何故いなくなって
その人の
大切さに気付くんだろう
いる時からわかっていたら
もっと優しく出来たのに・・・
何故なんだろう

隔たり

大きな大きな隔たりがある
会えないだけではない
あの世とこの世
死とそして生きていること
止まった時間と動いている時間

隔たりは大きくなるばかり
隔たりは遠くなるばかり

秋刀魚

秋刀魚が出回った秋
安いから沢山買って来てと
頼まれた
全部開いて干して・・・
また開いて干して・・・
迫り来る痛みの中で
作ってくれた秋刀魚の干物
最後の一尾
食べられる訳ないじゃない！

マグロと卵焼き

料理上手だったね
私よりも
鮮やかな包丁さばきで
マグロが皿に盛られた時
何処かの店にいるかと思った
幾重にも巻かれた卵焼きは
食べるのが勿体無く思えたね
もう食べられない物だけど
思い出は色あせない
マグロの赤と卵の黄色・・・
鮮明な記憶は残される
私の目と心の中に・・・

願い

あなたは死んでしまったと
頭ではわかっているけれど
でも死んではいない
心の中で生き続けている
どこか旅に出ているような
長い出張に行ったような
そんな気がしてならない
ある日、バタンとドアを開け
帰って来るような気が少しする
それはたったひとつの
心の中の願い
今もまだその願いに
しがみついている

アルバム

昔のアルバムをめくってみた
若過ぎるふたりに
なつかしさと照れくささで
思わず笑ってしまう

今では失ってしまった
風景が写真の四隅に
よみがえる
心の中にもよみがえる

ユーミン

友達が用意してくれた
ユーミンのライブチケット
迷ったけれど行って来た
青春が帰ってくる
一曲一曲に思い出が
よみがえる
気が付いたら涙が溢れてた
あの頃・・・車の中で聴いたあの曲
今再びステージで輝いている

けんか

けんかは絶えなかったね
顔を見れば口げんか
何度家出したかしら・・・
何度実家に戻ったか・・・

今はけんかする人がいない・・・
けんかしたいけど・・・
もうけんか出来ないんだね
二度とね

富士山

いつかの夏
家族全員で
富士山に登った
無謀な計画に
よく皆、付いてきてくれたね
胸付き八丁で
足が止まった
もう無理と思ったけれど・・・
頂上で手を差しのべてくれた
その顔を、満ち足りていた
その顔を
今でもふっと思い出す

死

死ぬのは少しだけ
恐くなくなった
今まですごく不安だったけれど
考えるだけで震えがきたけれど

死んだら迎えに来てくれるよね
そう思ったらそれだけで安心、
それだけでもう少し
もう少しは頑張れる！

あなたが死んでも

あなたが死んでも
何故、朝は来るんだろう
あなたが死んでも
何故、おなかがすくんだろう
おかまいなしに世の中は動いている
止まる事なく地球は周ってる
あなたがいてもいなくても・・・
変わったのは
大きく変わったのは
私の気持ち
悲しみの淵をなぞっている
私の気持ち

大切なこと

ハナを飼ってわかったこと
たくさんの優しいまなざしや
道ばたに咲いた雑草の強さ
ハナを飼ってわかったこと
家族の大切さや
失ったものの大きさ

ハナは話したりはしないけど
いつも私に教えてくれる
大切なことを教えてくれる

ありがとう

ありがとうの五文字に
おさまらないぐらい
感謝している
今までありがとう
あなたには伝わっているかしら

私には聞こえるよ
ありがとうの言葉
心の中で木霊するように
ゆっくりゆっくり広がってゆく

忘れない

前向きに生きた人生
弱音を吐かない人生

仕事に励み
家族のためにひたすらに
走り続けたその人生
忘れないよ
絶対に

後悔

何かもっと
出来たんじゃないか
あの時、違う方法が
あったんじゃないか
毎日　毎日　考えていた

でも精一杯生きたことが
全てだったと今は思える

駅

ホームの端にたたずむ人影
驚いてはっと息をのむ
そんなはずはない
でも祈るような気持ちで
振り返る
そこには知らない誰かがいた
ああやっぱり違う
いないんだな・・・もう

去りゆく電車のテールランプ
いつまでも見つめる私がいた

ちから

あなたが　がんに　立ち向かっていった
その時のちからが欲しい
全身で向かった見えない敵
ちから一杯闘ったけれど
最後は
天に召されていった

その時のちからはどこへ行ったの？
それを手に入れたなら
私は強く生きていける！

嫌いになったもの

クリスマス・・・嫌い
お正月・・・嫌い
バレンタインデイ・・・嫌い
お花見・・・嫌い
世間がにぎわう季節は
目を閉じてじっとしている
通り過ぎていくのを
待っている
ただひたすらに待っている

二日前の出来事

亡くなる二日前
仕事から戻った私と
同じく仕事帰りの息子
そして散歩帰りのあなたとハナ
バッタリ家の前で会ったね
家族が一緒になった
最後の瞬間・・・元気そうに見えたのに
でも・・・
何気ない日常は
もう戻らない
永遠に

ふたり

バイク、ラグビー、将棋
あなたの好きなもの
神社仏閣、温泉、お城
私の好きなもの

趣味はまったく違うし
性格も正反対
よく続いたね・・・三十六年間
「私のおかげだね」
「いやいや　俺の努力だよ」
遺影の前で語り合う
答えはいつもわかっている

少年おやじ

「でっかいなぁー」
人よりも頭二つも背の高いあなた
子供たちによく言われてたね
「どこの国の人ですか？」
パスポートもないのに
こんな事も言われたね

でも中身はひょうきんで
いたずら好きな少年おやじ
今頃どこでクックックッと
笑っているような　あなたは
やっぱり少年おやじ

孫

娘よりも息子よりも孫にはやさしい
娘よりも息子よりも孫には甘い
「今日来るよ！」と伝えると
朝からソワソワ落ち着かない
「もう帰るよ」と言われると
寂しそうな横顔はおじいちゃん
「ジジ　バイバイ」
「バイバイ」

静かになった部屋の中
テレビの音が響いてた

お洒落さん

ある日突然
皮のパンツを買ってきたのは驚いた
でももっと驚いたのは
それをはきこなしていたこと
お洒落だったね！
病院へ行く時も
レイバンのサングラス
形のいいジャケットにジーンズ
得意なアイロンもビシッとね
くつもピカピカに磨いて
ついでに私のも磨いてくれた
外見はまるで業界人
でも中身はお父さん
やさしい心根のお父さん

電話

「大丈夫？」
昔の友からの思いがけない電話
「泣いていいよ！
泣きたい時に泣けばいい
食べたくなったら
食べればいい
眠くなったら眠ればいいよ」
「赤ちゃんになればいい」
優しい言葉が胸に残る
すーっと心が落ち着いた

郵便はがき

料金受取人払郵便

大阪北局
承認
1357

差出有効期間
2020年7月
16日まで
(切手不要)

553-8790

018

大阪市福島区海老江5-2-2-710

㈱風詠社

愛読者カード係 行

ふりがな お名前		明治 大正 昭和 平成 年生 歳	
ふりがな ご住所	□□□-□□□□		性別 男・女
お電話 番号		ご職業	
E-mail			
書名			
お買上 書店	都道府県 市区郡	書店名	書店
		ご購入日	年 月

本書をお買い求めになった動機は?

1. 書店店頭で見て　2. インターネット書店で見て
3. 知人にすすめられて　4. ホームページを見て
5. 広告、記事(新聞、雑誌、ポスター等)を見て(新聞、雑誌名

風詠社の本をお買い求めいただき誠にありがとうございます。
この愛読者カードは小社出版の企画等に役立たせていただきます。

本書についてのご意見、ご感想をお聞かせください。 ①内容について
②カバー、タイトル、帯について
弊社、及び弊社刊行物に対するご意見、ご感想をお聞かせください。
最近読んでおもしろかった本やこれから読んでみたい本をお教えください。

ご購読雑誌（複数可）	ご購読新聞
	新聞

協力ありがとうございました。

お客様の個人情報は、小社からの連絡のみに使用します。社外に提供することは一切ありません。

日常

もしも　あなたが生きていて
普通の日常だったなら・・・
ゴールデンウィークの
こんないいお天気
バイクでどこかへ行ってたでしょう！
風を受けて　どこまでも
飛ばし続けていたでしょう！
それが夢となった今
悔しさだけが残るけれど・・・
でも短くても立派な人生だった
それが私の日常になる

さよなら

さよならが言えなかった
ちゃんと言うことが出来なかった
でもそれは・・・きっと
また会えるから

さよならはお預け
だから後悔はない
また会おう、必ず
必ず会えると信じている

約束

明日は家に帰ると約束した
ずっと家にいたので
それは当然の願い
それなのに・・・
それなのに・・・
病院からの突然の電話
約束は守られた
無言の帰宅
そこから全ての景色の
色が消えていくのを
ただ呆然と見ているだけだった

会いたい

季節がどんどん過ぎ去っていく
なのに気持ちはどんどん
置いていかれる
会えない日々が蓄積されて
暗闇でそっと目をあける
いない
光が見えない
この先もずっと

会いたい
でもそれは叶わぬ夢

あとがき

平成三十年十一月九日午前十時十分、夫　高田佳明が永眠いたしました。享年五十八歳でした。

八年間の癌の闘病生活に突然、終止符が打たれました。

それから涙の日々が始まり、どうやって生きてきたのか正直あまり覚えておりません。

そんな中、詩を書くことで心が落ち着きを取り戻し、少しずつ元気になっていきました。

この心の叫びを言葉にし、詩をつくり、それを本にしたいと望むようになり、ようやく形になって完成いたしました。

私の生まれて初めての本です。

この詩集の作成には風詠社の大杉様に大変お世話になりましたことをお礼申し上げます。ありがとうございました。

詩集 亡き夫へ「隔たり」

2019年10月13日　第1刷発行
著　者　高田章代
発行人　大杉　剛
発行所　株式会社 風詠社
〒553-0001　大阪市福島区海老江5-2-2
大拓ビル5-7階
Tel 06（6136）8657　http://fueisha.com/
発売元　株式会社 星雲社
〒112-0005　東京都文京区水道1-3-30
Tel 03（3868）3275
装幀　2DAY
印刷・製本　シナノ印刷株式会社

ISBN978-4-434-26704-8 C0092